AF234243

5 Décembre 1910

99 P

...TE
...nbre 1910
HOTEL DROUOT, SALLE N° 6

# TABLEAUX

## PASTELS ET DESSINS

Mᵉ FRANÇOIS
COMMISSAIRE-PRISEUR
23, rue Le Peletier

M. GEORGES SORTAIS
PEINTRE-EXPERT
PRÈS LE TRIBUNAL CIVIL
11, rue Scribe

# Tableaux Anciens

## PASTELS ET DESSINS

*Par*

DYCK (ANTOINE VAN), DOW (GÉRARD), STÉPHANO DE FERRARE, ETC.

## Appartenant à Monsieur X...

# TABLEAUX

## PASTELS, GOUACHES ET DESSINS

*Par*

BERGHEN, CASANOVA, OUDRY, TENIERS,
DAVID LE JEUNE, VALLAYER-COSTER, WOUVERMANS, ETC.

## APPARTENANT A DIVERS

*Dont la Vente aura lieu*

# HOTEL DROUOT, SALLE N° 6

## LE LUNDI 5 DÉCEMBRE 1910

*à trois heures et demie*

| M<sup>e</sup> FRANÇOIS | M. GEORGES SORTAIS |
|---|---|
| COMMISSAIRE-PRISEUR | PEINTRE-EXPERT |
| 23, rue Le Peletier | PRÈS LE TRIBUNAL CIVIL |
| PARIS | 11, rue Scribe |

## EXPOSITION PUBLIQUE

Le Dimanche 4 Décembre 1910, de 2 heures à 6 heures

# CONDITIONS DE LA VENTE

Elle sera faite au comptant.

Les adjudicataires paieront *dix pour cent* en sus des enchères.

L'exposition mettant le public à même de se rendre compte de l'état et de la nature des objets, aucune réclamation ne sera admise une fois l'adjudication prononcée.

Paris. — Imp. de l'Art, CH. BERGER, 41, rue de la Victoire.

# DÉSIGNATION

## TABLEAUX ANCIENS

### PASTELS

### Appartenant à M. X...

### DOW (Gérard)
#### (1613-1675)

1 — *La Mère de l'Artiste sur son lit de mort.*

Elle est couchée, coiffée d'un bonnet de mousseline, garni de dentelles, avec un frontal à petits plis, également garni de dentelles. Une fraise à tuyautés rigides semble porter sa tête. Son visage reposé a pris un ton éburnéen. L'œil fait bomber les paupières closes au fond de l'arcade sourcillière : les maxillaires soutiennent encore les lèvres qui gardent un beau dessin ferme. Sur le drap qui monte plus haut que la poitrine, on a placé un crucifix ; à gauche, un chandelier de cire.

Signé à droite, en haut : *Anno 1622, G. Dow f.*

Panneau. Haut., 66 cent.; larg., 52 cent.

## DYCK (Antoine Van)

### (1577-1640)

**2 —** *Mendiant, tête d'étude pour le tableau de Saint-Martin.*

Etude jusqu'à mi-corps. L'homme a l'épaule gauche déformée par la longue habitude de la béquille, sur laquelle il appuie son pas chancelant. Il tend, de profil à gauche, son masque grimaçant aux veines durcies, aux muscles saillants, aux rides profondes; l'œil, légèrement exhorbité, a une intensité torve; le crâne est enserré dans un serre-tête blanc; l'épaule se dégage d'une draperie en loques qui lui sert de manteau.

Toile. Haut., 42 cent.; larg., 52 cent.

## LEDOUX (M<sup>lle</sup> Jeanne Philiberte)

### (1767-1840)

**3 —** *Coquetterie.*

Un torse de jeune femme, dont un voile blanc protége la nudité blonde et grasse. La coquette tourne la tête du côté de l'épaule gauche. D'étroits rubans bleutés se mêlent à ses cheveux blonds partagés sur le milieu de la tête et agrémentés d'un voile blanc. Un cercle d'or s'arrondit sur son bras, à la hauteur de sa poitrine nue.

Toile. Haut., 45 cent.; larg., 37 cent. 1/2.

# ÉCOLE FLAMANDE

### 4 — *Le Petit Joueur de romelpoot.*

2 60

Panneau. Haut., 33 cent.; larg., 28 cent.

# ÉCOLE FLAMANDE (XVIᵉ siècle)

### 5 — *Triptyque.*

6 60

Partie médiane : la tête du Christ rayonnante. Sur la bordure du vêtement, se trouve une inscription en lettres onciales. Volet de gauche : Saint Jérôme. Volet de droite : Sainte Catherine d'Alexandrie.

Partie médiane : Haut., 24 cent.; larg., 19 cent.

Volets : Haut., 25 cent.; larg., 9 cent. 1/2.

La partie haute est cintrée.

# ÉCOLE HOLLANDAISE (XVIIᵉ siècle)

### 6 — *Au Bord de la rivière.*

2 20

Le bois est traversé par la rivière : c'est la fin de l'été. Les grands arbres ont des fredaisons dorées qui se balancent sur l'écran du ciel illuminé, et, sur l'écorce des troncs bossués, la lumière promène des caresses d'argent. Au premier plan, au milieu, une paysanne cause avec un paysan qui conduit une bête au marché; à gauche, un chemineau se repose, assis. Au fond, on aperçoit des bêtes en train de paître au bord de l'eau.

Toile. Haut., 73 cent.; larg., 92 cent. 1/2.

## ÉCOLE HOLLANDAISE

### 7 — *Intérieur d'église.*

La nef centrale d'une cathédrale, avec, au fond, le maître-autel : plusieurs groupes de personnages se promènent sur le dallage en damier. Les verrières versent, dans l'intérieur de l'édifice, une lumière blonde.

Signé à droite en bas : *1659.*

Panneau. Haut., 32 cent.; larg., 38 cent. 1/2.


## ÉCOLE FRANÇAISE (xix<sup>e</sup> siècle)

### 8 — *La Femme aux fleurs.*

### — *La Femme aux fruits.*

Deux pendants.
Pastels.

Haut., 39 cent.; larg., 29 cent.


## POTTER (École de Paul)

### 9 — *Étude de cheval bai.*

Il est de trois quarts à droite et de croupe.
Panneau. Haut., 27 cent.; larg., 29 cent.

# STEPHANO DE FERRARE

## (1449-1500)

**10 — *Triptyque*.**

*Partie médiane* : Le Christ au tombeau. Son corps nu, sur le linceul, est appuyé contre les genoux de la Vierge, vêtue d'un costume brun et d'une chlamyde verte. A droite, Madeleine est agenouillée, en contemplation devant le crucifié. De chaque côté de la Vierge et en arrière, on voit saint Jean et Joseph d'Arimathée. Au fond, un paysage avec le Calvaire, dominé par les trois gibets. Au premier plan, un bassin de cuivre et un broc d'eau, puis les clous. Les figures du Christ, de la Vierge et de saint Jean sont dominées soit par un chrisme, soit par un disque d'or.

*Volet de gauche :* Les Bergers viennent adorer Jésus. La Vierge est agenouillée près de la crèche, où Jésus est veillé par un ange. Près d'elle, saint Joseph tient un cierge. Devant Jésus, un berger joue de la cornemuse.

*Volet de droite :* La Circoncision.

Partie médiane : Haut., 56 cent.; larg., 40 cent.

Volets : Haut., 56 cent.; larg., 17 cent.

La partie supérieure est pluvilobée.

# TABLEAUX

## PASTELS. GOUACHES, DESSINS

### AQUARELLE

#### ANCIENS ET MODERNES

## Appartenant à divers

# TABLEAUX

### ARY SCHEFFER (École de)

1 — *Vieille Femme à la veillée.*

> Carton. Haut., 39 cent.; larg., 32 cent.

### BERGHEN

2 — *La Vache blanche.*

> Toile. Haut., 40 cent.; larg., 45 cent.

### BOL (École de FERDINAND)

3 — *Portrait d'un Savant, vu en buste.*

> Toile. Haut., 76 cent.; larg., 62 cent.

### CASANOVA

4 — *Le Repos champêtre.*

> Toile. Haut., 1 m. 05 cent.; larg., 98 cent.

## LE CORRÈGE (D'après)

5 — *Madeleine lisant.*

Toile. Haut., 64 cent.; larg., 80 cent.

## DENIS (L.)

6 — *Le Passage du gué.*

Signé à gauche et daté : *1806.*

Toile. Haut., 56 cent.; larg., 75 cent.

## LE DOMINIQUIN (D'après)

7 — *La Sibylle.*

Toile. Haut., 1 m. 18 cent.; larg., 97 cent.

## ÉCOLE FRANÇAISE (XVIIᵉ siècle)

8 — *Portrait présumé de Marie de Médicis.*

Bois. Haut., 32 cent.; larg., 24 cent.

## ÉCOLE FRANÇAISE (XVIIᵉ siècle)

9 — *La Fuite en Egypte.*

Toile. Haut., 52 cent.; larg., 49 cent.

Cadre Louis XIII en bois sculpté et doré.

## ÉCOLE FRANÇAISE (XVIIIᵉ siècle)

10 — *Portrait en buste du Comte de Provence.*

Toile ovale. Haut., 56 cent.; larg., 46 cent.

Cadre Louis XVI en bois sculpté et doré.

## ÉCOLE FRANÇAISE (XVIII<sup>e</sup> siècle)

11 — *Portrait d'une Jeune Femme, en corsage gris décolleté.*

Toile. Haut., 58 cent.; larg., 46 cent.
Cadre Louis XIV en bois sculpté et doré.

## ÉCOLE FRANÇAISE (Milieu du XIX<sup>e</sup> siècle)

12 — *Jeune Bouquetière.*

Panneau ovale. Haut., 27 cent.; larg., 22 cent.

## ÉCOLE FRANÇAISE (XIX<sup>e</sup> siècle)

13 — *La Dot de ma fille.*

Toile. Haut., 1 m. 29 cent.; larg., 98 cent.

## ÉCOLE HOLLANDAISE (XVII<sup>e</sup> siècle)

14 — *Nature morte.*

Bois. Haut., 60 cent.; larg., 75 cent.

## ÉCOLE HOLLANDAISE

15 — *Marchande de légumes.*

Toile. Haut., 32 cent.; larg., 24 cent.

## GRYF

16 — *Un Héron mort, gardé par un chien de chasse.*

Signé en bas à gauche.
Bois. Haut., 25 cent.; larg., 32 cent

## GUARDI (École de)

17 — *L'Arsenal à Venise.*

225

> Toile. Haut., 54 cent.; larg., 74 cent.

## LARPENTEUR (Balthazar-Charles)

18 — *Portrait d'Homme en buste, tenant un livre à la main.*

> Signé et daté à gauche.
> Toile ovale. Haut., 65 cent.; larg., 54 cent.

## LEMOYNE (Attribué à François)

19 — *Vénus endormie et surprise par un satyre.*

345

> Toile marouflée sur panneau ovale.
> Haut., 22 cent.; larg., 25 cent.

## MANS

20 — *Un Village au bord de l'eau, effet d'hiver.*

> Toile. Haut., 41 cent.; larg., 47 cent.

## OUDRY (J. B.)

21 — *Portrait d'un petit chien blanc.*

550

> Robe à poils ras, sur un coussin de velours bleu à passementeries d'or, se détachant sur un paysage.
> Signé en bas à droite.
> Toile. Haut., 59 cent.; larg., 73 cent.

## PRUD'HON (École de)

22 — *Diane en buste.*

Toile. Haut., 55 cent.; larg., 45 cent.


## RAPHAEL (D'après)

23 — *Buste de Vierge, les mains sur la poitrine.*

Toile. Haut., 61 cent.; larg., 50 cent.


## SANTERRE (École de J.-B.)

24 — *L'Étude.*

Toile. Haut., 81 cent.; larg., 65 cent.


## TENIERS (DAVID LE JEUNE)

25 — *Portrait de Teniers le jeune.*

Assis dans son atelier et broyant de la couleur.

Bois. Haut., 31 cent.; larg., 22 cent.
Peinture de la jeunesse du maître, signée en bas : *D. Teniers.*


## TROY (Attribué à DE)

26 — *Salmacis et Hermaphrodite.*

Toile. Haut., 69 cent.; larg., 95 cent.

## VALLAYER-COSTER

27 — *Brûle-parfum.*

Monture de bronze doré ; fleurs de pavot, une palette de peintre, et une statuette de Mercure posée sur une table.

Signé en bas au milieu : *Vallayer-Coster.*

Toile. Haut., 79 cent. ; larg., 1 m. 05 cent.

A été très restaurée.

## VALLIN (École de)

28 — *Bacchante et Satyre.*

Toile. Haut., 45 cent. ; larg., 37 cent.

## WALKER

29 — *La Lettre d'amour.*

Toile. Haut., 36 cent ; larg., 48 cent.

Signé en bas vers le milieu.

## WATTEAU (D'après ANTOINE)

30 — *Plaisirs champêtres.*

Bois. Haut., 32 cent ; larg., 26 cent. 1/2.

## WATTEAU (École d'ANTOINE)

31 — *Portrait d'un Ecclésiastique.*

Toile. Haut., 46 cent. ; larg., 38 cent.

## WOUWERMANS (PIERRE)

32 — *Le Marchand de chevaux.*

Composition ornée de nombreux personnages et de chevaux.

Signé en bas à droite.

Toile. Haut., 55 cent. ; larg., 65 cent.

# PASTELS, AQUARELLE

### ÉCOLE FRANÇAISE

33 — *Le Printemps.*

Pastel ovale.

Haut., 65 cent.; larg., 54 cent.

### ÉCOLE FRANÇAISE

34 — *L'Été.*

Pastel ovale.

Haut., 55 cent.; larg., 45 cent.

### NATTIER (École de JEAN-MARC)

35 — *Portrait de Jeune Femme en buste de face.*

Pastel.

Haut., 46 cent.; larg., 38 cent.

### ALAYER (L.-D.)

36 — *La Chasse à courre.*

Aquarelle.

Signé en bas à droite.

Haut., 21 cent.; larg., 34 cent.

# DESSINS

### BOUCHER (François)

37 — *Le Repos de la Bergère.*

Dessin aux deux crayons.

Haut., 19 cent.; larg., 24 cent.

### JACQUET (Gustave)

38 — *Buste de Jeune Fille de face, la tête de trois quarts à gauche.*

Dessin à la sanguine.
Signé en bas à gauche.

Toile. Haut., 31 cent.; larg., 23 cent.

### JACQUET (Gustave)

39 — *Tête de Jeune Femme de profil.*

Dessin aux trois crayons.

Haut., 37 cent.; larg., 30 cent.

### JACQUET (Gustave)

40 — *Buste de Jeune Fille.*

Haut., 26 cent.; larg., 19 cent.

41 — *Personnage Louis XV, assis.*

Haut., 22 cent.; larg., 17 cent.

42 — *Buste de Jeune Femme de face.*

Haut., 27 cent.; larg., 19 cent.

Trois dessins à la mine de plomb.

PIERRE (Jean-Baptiste-Marie)

43 — *Tête de Jeune Paysanne.*

Dessin à la sanguine.

Haut., 30 cent.; larg., 23 cent.

POYET

44 — *Vue du couvent de Bellechasse et de son jardin.*

Dessin rehaussé d'aquarelle.

Haut , 15 cent. 1/2; larg., 19 cent. 1/2.

45 — Un lot important de cadres. (Sera divisé.)

46 — Objets omis.

RED. :

17

MIRE ISO N° 1
NF Z 43-007
AFNOR
Cedex 7 92080 PARIS LA DÉFENSE
graphicom
0 1 2 3 4 5 6 7 8 9 10

BIBLIOTHEQUE
NATIONALE
DE FRANCE
****

CHATEAU
DE
SABLE
1996